# Nena

**Lada Josefa Kratky**

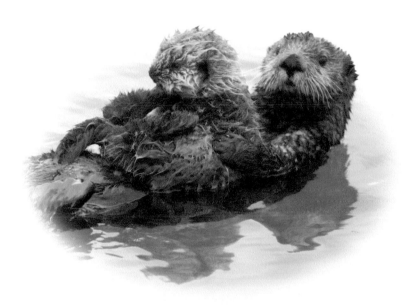

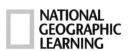
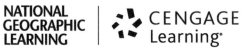

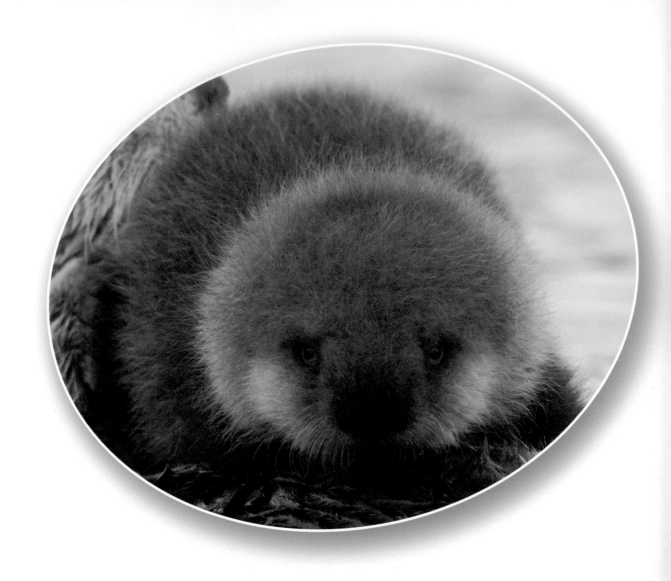

Esa es Nena.

Nena es una nutria.

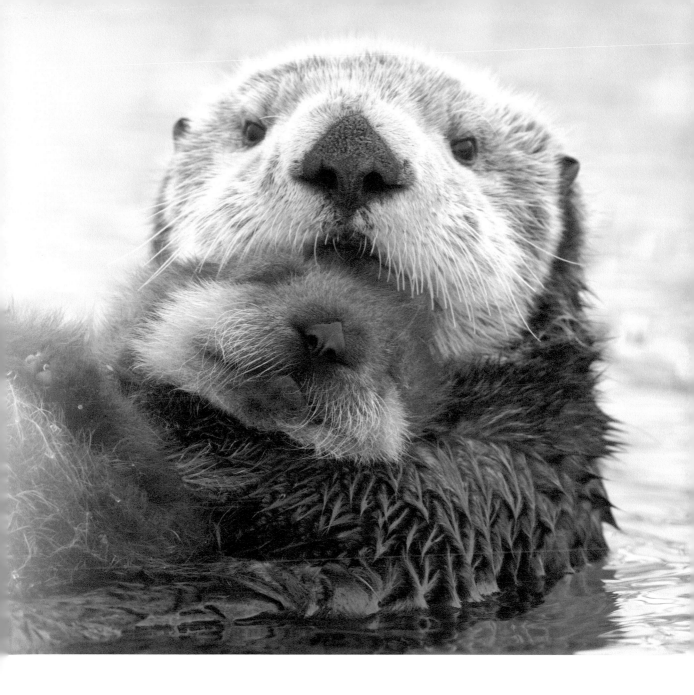

Esa es su mamá.

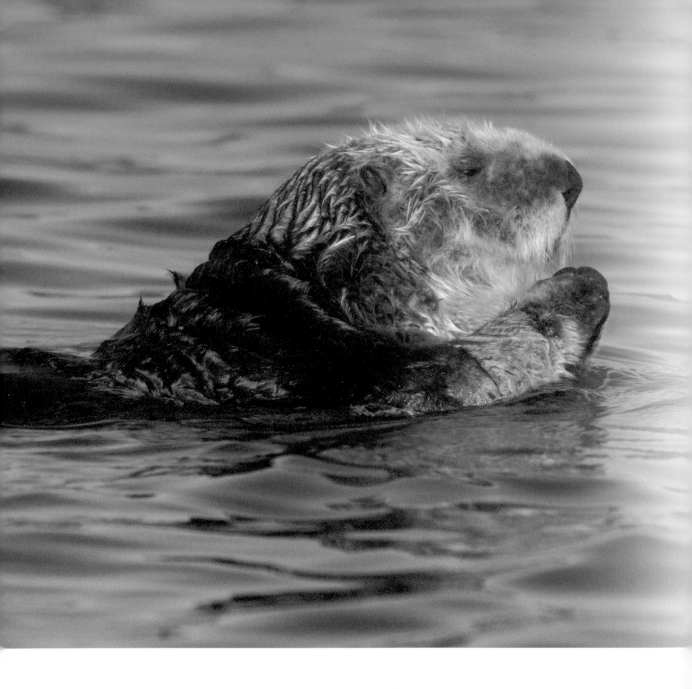

Su mamá nada.

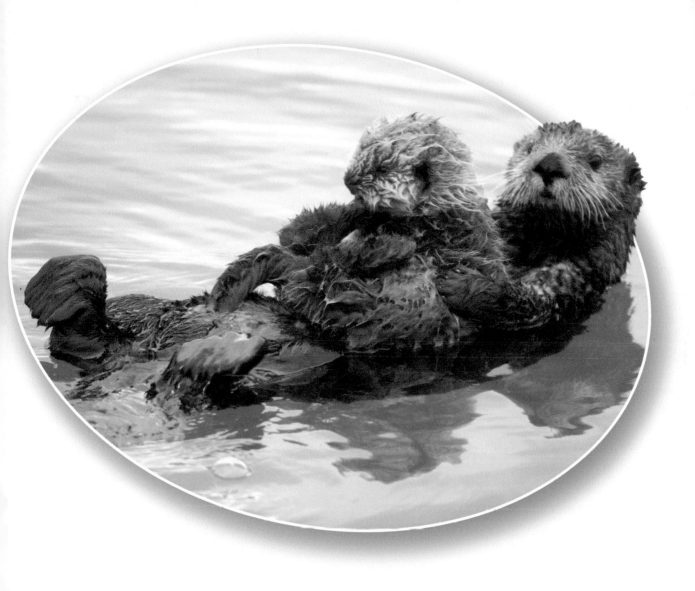

Nena no nada.

Nena se pasea.

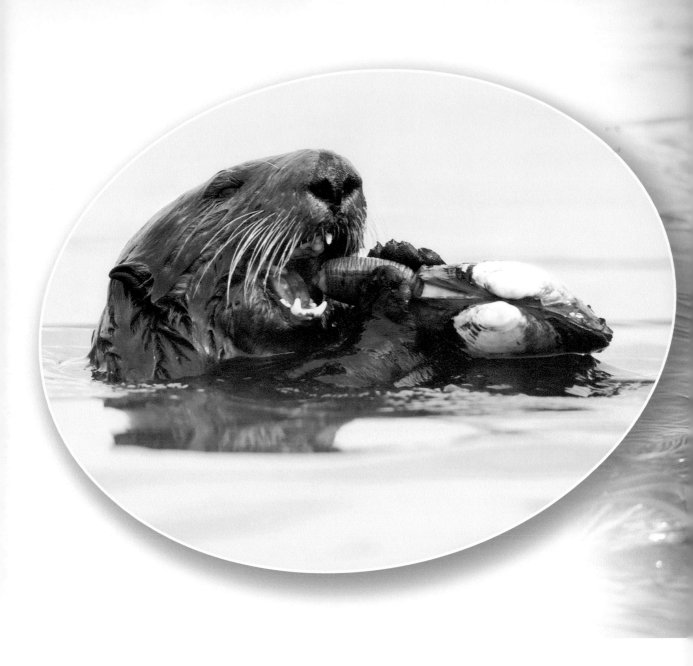

Ton ton ton. Su mamá
usa sus dos manos así.

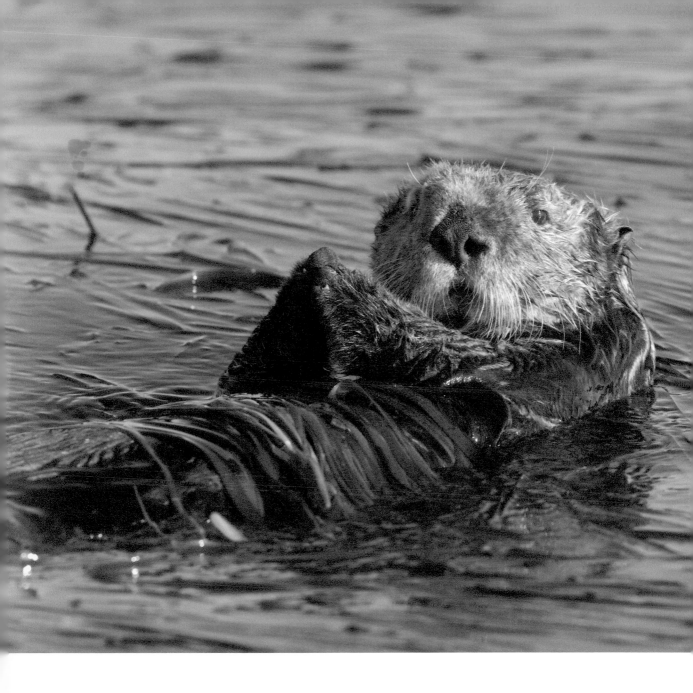

Su mamá se ata
a unas matas.

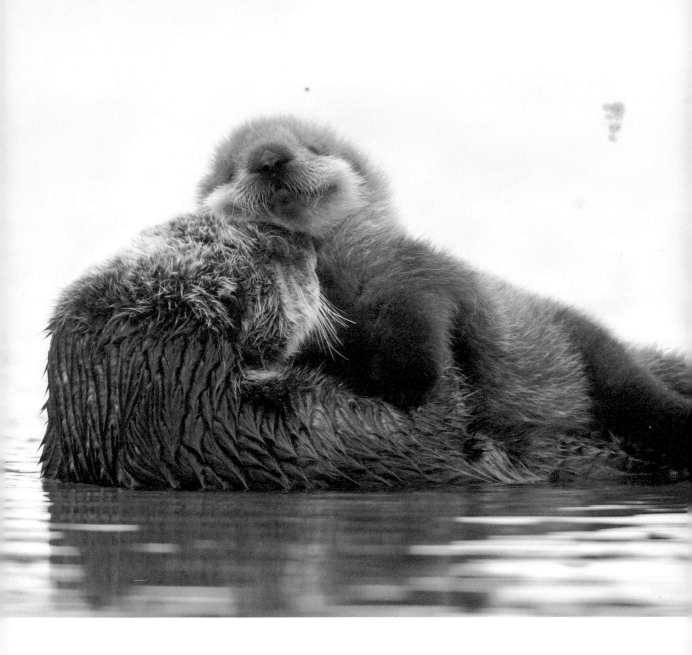

# Nena y su mamá pasan sus días así.